JN270238

## あたしとあなた

どうして
傘を
さして
いるの
雨も
降って
いない
のに
あなた？

そこ
から
始まる
から
いえ
始める
から
あたし

脈絡も
なく
例えば
頭韻《とういん》

あたしの
あ
から
あなたの
あ
へ

熱い
足
明ける
朝
呆れる
家鴨《あひる》

余る

蟻

焦る

赤

褪《あ》せる

青

味わう

穴

炙《あぶ》る

鮎

甘い

泡

遊ぶ

姉
飽きる
愛

あ
雨……
世界は
言葉
から
始まって
いるわ
今も

それを
拒む
ことが
出来る
かしら
傘を
さして
いない
あなた?

# あたしとあなた

もくじ

## Ⅱ

## Ⅲ

# I

## カフェ

あなたと
あたし
そこら中に
いるわ
あたしたち
あなたたち
鬱陶《うっとう》しい
人間という
生き物

あなたが好きな
アールグレイ
あたしの好きな
モカジャバ

いま
眼で
見ているものは同じ
だとしても
心で
聞いているものが
違う

あなたの
記憶に
ひそんでいる
人声と
そよ風の
肌触り

## バラバラ

あたし
カケラ
あなた
カケラ
合わせても
まだカケラ
世界の
小さな部分品
あたしたち

百歳の老婆も
零歳の嬰児《えいじ》も
犬猫も
鳥も空も
木々も
湖も
太陽だって
星だって
カケラ
宇宙の
ちっぽけな部分品
みんな

そう言ったら
あなた
組み立てるのは
自分自身
なんて
偉そうに

## 椅子

あなたは
あなた
とあなたは
言う

そんな
遠くに
あたしは
いる

あなたの
軽い
木の椅子と
あたしの
柔らかい
布の椅子が
並んでる

あたしも
あなたも
留守
なのかしら

## 音楽

あたしの
音楽は
うんと
遠くから
聞こえて
くる

ヘッドフォンから
じゃない
もっと

遠く

あなたの
水平線を
越えて
あなたの
オーロラも
越えて

意味の
要らない
幻の
草原で

あたしは
チューバと
子どもみたいに
鬼ごっこ

## 呼ぶ

あなたは
言う
あたしを
あなたと
呼びたくないと

でも
お前ではないし
君でもない
他の誰とも

あたしは違う
存在だよと
言ってくれる
あなた

携帯で
話していると
あなたは
あたしのすぐ傍《そば》に
いる

一度
大声で

呼びかけてみたい
あたしもあなたを
あなたと
呼ばずに

おーい
深い谷の
向こうから
おーい
おーい

# 笑う

これは
あたしの
と言って
あなたは取った

あたしも
これはあたしの
と言って
一つ取ったけど
それが

ほんとに
あたしのなのか
あやふやで
あなたのであっても
かまわない
気がした

あなたのと
あたしのを
並べると
二つは
そっくりで
どっちがあなたので

どっちがあたしのか
分からない

あなたが
笑い出したので
あたしも
笑った

## 前世

あたしの
犬
前世は
あなただったの
でもあなたの
猫
前世は
あたしじゃない
多分

観覧車の上
白昼の
睦言《ひつごと》
雪山が見える

あとは
黙っている
言葉より
烈《はげ》しく
深い
沈黙に
圧倒されて

# 地上に
# 戻ってくるまで

## 泉

あたしの
泉は
ローマに
あるの
ローマの
どこかは
秘密

朝の
太陽は

水しぶきが
お気に入り
きらきら
きらきら
させちゃって

生まれた
土地の
泉は
涸《か》れた
と言って
あなたは
ふっと

黙りこんだ

## 他人

あたし
草むしり
しています
あなた
テレビでしか
見たことのない
あなた
かっこいいあなた

世界中の人が

あなたを
知っている
つもり
会ったことなくても
話したことなくても
好きだったり
嫌いだったり

あたしの
人生は
あたしが決めるけど
あなたも
ちょっぴり

あたしを
決める
あなた
あたしの
赤の
他人

## 地図

あたしの
紙片は
水に
浮いています
何が
書いてあるのか
もう
忘れました
あなたが

掬《すく》い上げて
くれたら
にじんだ
文字が
読めるでしょう

それとも
地図だった
かしら
書いたのは
どこか
砂漠の
真ん中の

オアシスへの
駱駝《らくだ》が
無言で
佇《たたず》んでいる

## 老人

あなたの老人は
川岸を
散歩するのね
あたしの老人は
厠《かわや》に
座ってる

あなたの老人に
言ってあげて
落ち着いて

死になさいって
あたしの老人は
くすくす
笑っています

あたしの老人が
詩を
捧げても
あなたの老人は
読まずに
捨てる
愛は億劫《おっくう》

そろそろ生き終えて
間もなく死に始める
あなたの老人と
あたしの老人
揃って
粥を
すする

## 夕焼け

これはあたしの
夕焼けです
あなたのではない
これは今日の
終りに
見えない文字で
あたしが
空に
サインした
夕焼け

誰にも
渡さずに
あたしが
夜にする

あなたは
見ている
だけでいい
何も言わずに
あたしにも
誰にも

一日の
騒音を
静けさが
浄化《じょうか》してくれる
それを
聞きながら

## 夕方

あなたが
どこにいるか
分からないので
あたしは
とりあえず
池のほとりに
いる

小さな
古ぼけた

飛行機が欲しい
もう道を
歩くのに
倦《あ》きた

どこかへ
行きたいのでは
ない
ただ
あなたが
どこにいるか
分からない
から

あたしは
サンダルをはいて
池のほとりに
いる

朝
目が覚めたら
あたしが
死んでいた
あなたは
郊外の
動物園で
虎を
見ています

死後の
青空は
生前の
青空より
深みが
あるのです

あなたは
このあと
買い物ですね
あたしは
神を
探しに行く

# 迷子に
# ならないように

# II

# せせらぎ

言葉が
剥がれない
と
死んだ
あなたが
嘆いている
夢を
見た

百合の花も

咲いていた

とても
静かだったので
あたしも
死んでいた
のかも

遠い
せせらぎの
音で
目が覚めた

# 春の
# ある日

## どんどん

気球に乗って
あたしが
どんどんどんどん
昇っていくと
下界で
あなたは
どんどんどんどん
小さくなって
でも
消え去らない

やがて
あたしは
空に到着
そこからあなたに
空語で
お便りします

はるか下で
羊が
かすかに
めええと
言っている

あたし
もう
何もかも
ないことに
する

## はにかむ

あなたの
前で
あたしは
はにかむ

よく似た
生きもの同士
あたし
と
あなた

飲んだり
食べたり
聞いたり
嗅いだり
愛したり

他の人の前なら
平気
神の前でも
たぶん
平気

でも

あなたの
前で
あたしは
はにかむ

## ロマネスク

物陰に
あなたは
いる
どこからか
敵が匂う
まだ
流れていない
あたしの
血

こんな
時代は
跨《また》いでしまいたい
一枚の
モノクロームの
写真にしてしまいたいと
あたしは
思う

あなたが
遺書を
書いた
晩

あたしは
珈琲を
挽いていた

## 黒板

（あなた）に
あたしを
代入すれば
この式は
解けるのだろうか

黒板の
前で
立ちすくんでいると
みんな

帰ってしまった

こんなことは
何でもない
もっと
差し迫ったことが
あるのに
思い出せない

あなたが
戻って来たので
あたしは
涙ぐんだ

## 書き割り

あなたは
突然
現れるの
書き割りを破って
そんなあなたを
あたしは
見ていない

事情があって

嘘を
つかねばならない
自分を
もて余して

小屋の
外で
夕焼けを
見ている

## 当たり前

当たり前に
隠れて
不思議が
微笑んでいる
と思う

見知らぬ
あなたは
駅の
ベンチで

あたしを
待っている

あたしは
あたしが退屈だからか
何もかも
美しい

今日が
明日へと
ディミヌエンド
してゆく
夕方

電車から
小学生がひとり
下りた

## ふっつり

ふっつり終わるのがいい
何でも
それが美しい
と　あなたは言った

まだ
残雪が
溶けていない
道に
あたしは

しゃがみこんだ

こうして
言葉は
今を
過去へ
追いやってしまう

## 名刺

あたし
たくさん名刺
貰《もら》いました
その日の
午後

一人称の
あたしはいた
二人称の
あなたはいなくて

三人称の
皆さんばかり

広い会場に
犬が一匹
迷いこんで
尻尾振っている

あたし
小声で口ずさむ
イマジン
メロディだけ

## 木洩れ陽

木洩れ陽の下に
いたかった
ずっと

お婆さんになったねと
柔らかい声で
未来のあなたが
あたしに言う

置いてけぼりに

して下さいと
歴史に向かって
あたしは言う

戦場の
ぬかるみに
座りこんで
仔犬を
抱きしめている
そんな
過去完了の
あなた

風に砕かれて
光が
踊っていた
記憶

# III

すっきり

意味なく
すっきり
立っていたい
と　あなたが
言う
でもどこに？
と　あたしが
訊く

廃寺の境内
海の遠浅
誰もいない
舞台
行き止まりの
路地
土星の輪っか

そこで
あなたは
笑い出した

何を着て

立つつもり
なのか

## ますます

ますます何も
言わなくなって
あなたは
籐《とう》椅子に
座って
いらっしゃる

言葉のない
束の間の
充足

思い出の中で
鳴っている
ハープシコード

庭で
虚空を
嗅いでいる
仔犬

それが
あたし

## 穴

穴が
あったので
あたしは覗いた
見えたのは
林という
コトバだけ
本物の
林じゃなかった
がっかりした

あたしを
あなたは見ている
あなたは
旅の
途中

あたしは
あなたではない
誰かを待って
もう十年

## 嘘

あなたに
嘘はついていない
と　あたしは
嘘をついた

空は青く
地面は
いい匂い
あなたは

目を細めて
駆け回る
子どもたちを
見ている

ひとりが
転んで
泣き出した

## 昨日

昨日
訪ねたら
あなた
空中浮揚していた
すぐ降りてきたので
あたし
黙っていたけど
ほんとは

少し
不愉快だった
誰にも
知られたくない
ことが
また一つ
増えた

## 微苦笑

あたしは
以前
あたしではない
誰かだった
ような気がする

埃《ほこり》っぽい
路傍《ろぼう》の公園の
午後の日差しが
鍵だ

と思う

あたしは
あたしでいることに
飽きている
のかな

と言ったら
あなたは
微苦笑した

ビールの
泡が

# 消えてゆく

## 今朝

あなたの
お墓に
来た
花も持たず
気持ちだけで
来た
言葉に
ならない
気持ち
だけで

隣に
寝てる
あなたの
鼾《いびき》で
目がさめた
気持ちは
さめない
あなたが
この世にいるのが
不思議

今朝

## 自販機

自販機に
百円入れて
詩を
一つ買った
絶えず潮騒が
聞こえている町
買った詩を
駅の

ベンチで読んだ
何度も
くり返して

書いたあなたは
見知らぬヒト
これからも
会うことはないだろう

海が
遠ざかる

## 誰

誰でもいいあたし
と思うと
自分が一輪の
野花
のような気がする
時代物の
テーブルの上の

あなたは
誰でもよくない

あなた
そのもの
だとしても
あなたという言葉で
誰を呼んでもいい
のだ

リュートを弾きながら
あなたは
あたしを見つめた
遠い昔

## 今

♪今がいい♪と
遠くで
あなたが歌う

あたしは
草原の奥で
その歌を聞く
豆を
煮ながら

あなたの
歌う今
あたしの
煮る今

時は
ひとつ

山々と
海と
いくつもの町を
隔てて

今

その晩

寺院からの
階段を
下りてきて
よれたネクタイをゆるめて
あなたが
立っていたのを
あたしは
知っている

あたしの弾く

たどたどしい
バッハを
窓の外で
聴いていた

それは
まだあたしが
生きていたころの
話

その晩は
満月だった

詩集

読んだ？
と
あたし
あと少し
と
あなた
詩が
からだに

溶けてゆく
漢方薬みたいに

あなたの
息子が
駈けてきて
あたしの
膝に
乗った

頁の
外にある
弾む

# 詩

# あとがき

メディアに氾濫《はんらん》するコトバの洪水に食傷しているうちに、思いがけず自分にとってはちょっと新鮮な発想の短い詩群が生まれた。〈あたし〉と〈あなた〉が登場するのだが、特定の人物を思い描いている訳ではない。性別も年齢も、物語のかけらのような情景も読者が自由に、その時の気分で想像して楽しんでくれることを願っている。〈I〉と〈YOU〉はあらゆる人間関係の基本なのだから。

谷川俊太郎

## 谷川俊太郎（たにかわ・しゅんたろう）

一九三一年東京生まれ。一九五二年第一詩集『二十億光年の孤独』を刊行。詩作のほか、絵本、エッセイ、翻訳、脚本、作詞など幅広く作品を発表し、近年では、詩を釣るiPhoneアプリ『谷川』やメールマガジン、郵便で詩を送る『ポエメール』など、詩の可能性を広げる新たな試みにも挑戦している。小社刊行の著書に、『生きる』（松本美枝子との共著）、『ぼくはこうやって詩を書いてきた　谷川俊太郎、詩と人生を語る』（山田馨との共著）、『おやすみ神たち』（川島小鳥との共著）がある。

tanikawashuntaro.com

# あたしとあなた

二〇一五年　七月　一日　初版第一刷発行
二〇一六年一二月二五日　初版第四刷発行

著者　谷川俊太郎
ブックデザイン　名久井直子
編集　川口恵子
発行人　村井光男
発行所　ナナロク社
〒一四二－〇〇六四　東京都品川区旗の台四－六－二七
電話　〇三－五七四九－四九七六
ファックス　〇三－五七四九－四九七七
振替　00150-8-357349
印刷　中央精版印刷株式会社
抄紙　石川製紙株式会社
製本　有限会社篠原紙工

©2015 Shuntaro Tanikawa Printed in Japan
ISBN978-4-904292-59-4 C0092
本書の無断複写・複製・引用を禁じます。
万一、落丁乱丁のある場合は、お取り替えいたします。
小社宛 info@nanarokusha.com までご連絡ください。

www.nanarokusha.com